Slaaf vir 'N Week
Volledige Reeks

Erika Sanders

Reeks

Oorheersing en Erotiese Onderwerping

Erika stem in om Sandra se slaaf vir 'n week te wees ...

Slaaf vir 'n week is 'n verhaal met sterk erotiese BDSM-inhoud en behoort op sy beurt ook tot die **Oorheersing en Erotiese Onderwerping**, 'n reeks romans met hoë romantiese en erotiese BDSM-inhoud.

(Alle karakters is 18 jaar of ouer)

Erika Sanders is 'n internasionaal bekende skrywer, vertaal in meer as twintig tale, wat haar mees erotiese geskrifte, weg van haar gewone prosa, met haar nooiensvan onderteken.

Indeks:

SLAAF VIR 'N WEEK
VOLLEDIGE REEKS
ERIKA SANDERS

EERSTE DEEL

"Jy verstaan," het Sandra vir my gesê, "dat sodra jy by my huis ingaan, wat ek sê gaan. Volledige en totale gehoorsaamheid."

"Um, ja," sê ek effens beangs.

"Nie um, ja," sê sy ferm, "Ja Meesteres."

"Ja Juffrou," sê ek met 'n bietjie meer oortuiging.

"Baie beter." Sy het die deur oopgemaak en dit eenkant gehou sodat ek kan ingaan. Ek het verby haar beweeg en die tas met die goed wat ek saamgebring het, gesleep en in die gang gestaan. Sandra maak die deur toe en stap verby my. Ek het haar versekerde stut ondersoek. Sy was lank, amper 6 voet lank. Ek is net 5'2" en het deur haar verdwerg gevoel. Sy het 'n pragtige vorm gehad esel , mooi geboë heupe en groot, C-kop borste. Ek was geslaan.

Ons het in 'n kroeg ontmoet en nadat sy die aand lank gesels het, het sy my gevra of ek oopkop is. Ek het ja gesê en toe het sy my gevra of ek myself meer dominant of onderdanig beskou.

Ek moes daaroor dink. Ek weet wat ek wil hê, maar ek is ook bly as iemand bereid is om beheer te neem en vir my te sê wat om te doen. Ek het vir haar gesê dat ek onderdanig is.

Ek was geskok toe sy my vra of ek haar slaaf wil wees.

"Wat bedoel jy?" Ek het haar gevra.

"Ek bedoel dat jy na my huis toe kom en
by my bly en alles doen wat ek van jou
vra.

"Seksueel?"

"Alles." Ek moes dink. Ons het oor ander
dinge gesels, gedans, gedrink en teen die
einde van die nag gesoen. Dit was 'n
wonderlike soen, kragtig en vol wellus.
Ek het my hand op haar bors gesit en sy
het dit verwyder en my in die oë gekyk.

"Dis vir my slaaf," het sy gesê.

"Dan wil ek jou slaaf wees."

En nou was ons hier, 'n week later. Ons
het ingestem tot 'n proef van een week.

"Jy het nog nie die reg verdien om klere
te dra nie Erika, trek hulle almal uit." Ek
het gehuiwer en sy stap nader aan my.
"Moenie my aan die begin ontstel nie
Erika, of straf sal uitgevoer word. Haal
hulle af."

"Ja Juffrou," het ek gesê. Ek het my
skoene uitgetrek en toe my sokkies ook
uitgetrek. Ek het my jeans losgemaak en
dit by my bene afgegly terwyl Sandra my
staan en kyk het. Toe trek ek my t-hemp
oor my kop sodat ek daar in my
onderklere staan. My broekie het
volgende gegaan en uiteindelik my bra.
Ek het elke kledingstuk netjies opgevou
en op my sak gesit.

Sandra het my naakte liggaam bekyk. Ek
het gevoel soos 'n stuk vleis wat net daar
staan. Sy het na my klein borste gekyk
en toe 'n vinger uitgesteek en dit oor my
regop tepel gedruk.

"Jy het sulke lieflike borsies, Erika," sê sy vir my.

"Dankie Juffrou ."

"Trek jou tepels vir my, trek hulle hard sodat ek kan sien hoe ver jy dit kan kry en hoe ver hulle daarna uitsteek."

Ek het na my tepels gekyk en een in elke hand geneem. Ek het hulle hard getrek, totdat dit seer was, my borste het uitgerek in keëls wat uit my lyf uitspring. Toe ek los, staan die tepels trots en opgewonde regop.

"Mooi gedoen Erika."

"Dankie Juffrou ." Haar oë het my bly uitkyk. Sy het na my poes gekyk, met sy netjies gesnyde hare en gesê: "Dit sal net nie deug nie. Ek gaan bietjie TV kyk

Erika en terwyl ek dit doen, is dit wat jy vir my sal doen. Jy sal na my badkamer gaan en 'n pincet uit die boonste laai van die wastafel. Dan kry jy 'n handdoek en kom na die sitkamer. Terwyl ek TV kyk, sit jy die handdoek op die koffietafel en sit dan daarop en pluk jou skaambeen totdat daar nie een oor is nie."

"Ja Juffrou," het ek geantwoord. "Sal ek eers my goed wegsit Mevrou?"

"Draai om," was haar reaksie. Ek het van haar af weggedraai en voor ek kon voortgaan om terug te draai om haar in die oë te kyk, het ek 'n steek klap op my gat gevoel .

"Ek het jou nie gevra om te dink of voorstelle te gee nie Erika."

"Jammer Juffrou." Ek het na die badkamer gegaan toe Sandra van my af wegbeweeg het . Dit was meer intens as wat ek verwag het, ek het besef en gewonder hoe lank dit sou duur voordat ek gekraak het en afgekeur het. Ek het die tweezers gekry en teruggegaan na die sitkamer waar Sandra voor die TV gesit het. Ek het die handdoek op die koffietafel neergelê sodat ek die TV kon sien en toe my bene gesprei om myself te inspekteer.

"Nee, jy kyk nie na die TV nie Erika, jy kyk na my sodat ek kan kyk hoe jy elke haartjie uit jou poes pluk." Ek het innerlik gesug en myself geroteer sodat my poes aan Sandra blootgestel is en die lang en moeisame proses begin om hare daarvan te verwyder, een vir een.

Ek was omtrent 'n halfuur daaraan toe ek die drang begin voel het dat ek moes piepie. Ek het eers niks gesê nie en toe Sandra die kamer verlaat om iets te gaan doen, is ek badkamer toe sonder om daaraan te dink. Ek het teruggekeer om te sien hoe Sandra vir my staan en wag.

"Waar de hel was jy?" het sy my gevra.

"Toilet toe Juffrou, ek moes piepie," het ek geskrik gesê.

"Ek kan nie onthou dat ek jou toestemming gegee het om dit te doen nie, doen jy?" sy het gevra.

"Nee Juffrou, ek is baie jammer Juffrou," het ek geantwoord.

"Jammer sny dit nie slaaf nie. Gaan daar op die koffietafel op jou hande en knieë." Ek het gedoen soos vir my gesê is, kniel soos 'n hond op die tafel. "Sprei jou bene wyer," het sy gesê. Ek het my knieë uitmekaar gesprei totdat hulle by die rande van die tafel was. Ek kon die koel

lug van die kamer op my ontblote anus
en poes voel.

Zas! Ek voel die steek klap van Sandra se
hand op my gatwang . Zas! En aan die
ander kant ook.

"Weet jy waarvoor dit is?" Ek is gevra.

"Omdat jy nie toestemming gevra het nie
Juffrou," het ek gedwee geantwoord

"Dis reg. En wanneer jy gestraf word, sal
jy jou Meesteres bedank omdat sy jou
help om 'n behoorlike slaaf te wees.
Verstaan jy?"

"Ja Juffrou," het ek geantwoord. Zas!
Haar hand het my poeslippe geklap en
ek het eerder op my lip gebyt as om uit
te huil. Instink het vir my gesê dat dit net
tot meer moeilikheid sou lei.

"Dankie Juffrou ," het ek gesê. Sy het
weer my poes geklap, en toe nog drie
keer en dan nog my gat . Elke keer het ek
haar bedank dat sy dit geklap het.

"Ok, gaan nou voort, ek hou nie van hare
op my eiendom nie," het sy vir my gesê.
Ek gaan sit op die handdoek, my boud
rooi van die pak slae. Ek kyk na my
poeslippe. Hulle was rooi van getref.
Maar ek was ook verbaas om op te merk
dat daar 'n klein kraaltjie vog tussen my
skaamlippe was. Daar was iets omtrent
die manier waarop ek behandel is wat
my begin aansteek het.

Uiteindelik het ek dit reggekry om die
laaste hare uit my poes te pluk. Ek is
beveel om terug te lê, my bene te sprei
en my knieë na my toe te trek sodat ek
ten volle ontbloot is. Sandra het
aangestap en tussen hulle gekniel. Sy het
my poes fyn inspekteer, maar sy het nie

daaraan geraak nie. Ek was so geil! Om haar so naby, naby genoeg te hê dat as sy haar lippe aflek , sy waarskynlik aan my poesie sou raak, maar om tog nie aan te raak nie, het my mal gemaak. Ek wou hê sy moet my lek. Desperaat. Ek het nie gedink ek sou kon vra nie.

Na 'n paar minute hiervan het Sandra my wel met een lekker lang lek van die basis van my gleuf tot bo gelek. Maar dit was dit. Ek kon voel hoe my sappe gereed is om uit my poes te spoel en toe ek toegelaat word om regop te sit, het ek aan myself geraak, my vinger het baie effens tussen my lippe verslap.

"Ek kan sien jy verstaan hierdie nie regtig nie Erika," sê Sandra vir my toe sy sien ek doen dit. "Jy doen NIKS, sonder my toestemming nie. Jy gaan nie toilet toe nie en jy masturbeer nie. Kom hier, ek dink ek moet die les versterk."

Ek het gedink ek gaan weer geslaan word. En ten spyte van die feit dat dit 'n bietjie seergemaak het, het ek gevind dat ek daarna uitsien. Maar Sandra het my na 'n houtstoel gelei. Dit het 'n lattehoutrug en soliede houtsitplek gehad. Daar was 'n klein boudevormige depressie wat in die sitplek gevorm is en ek het daar gesit soos my opdrag gegee is.

"Gee my jou hande," sê Sandra van agter my. Ek het hulle agter my gesit en hulle is gegryp en vinnig aan die stoel vasgebind. Sandra kom toe voor my om en maak my enkels ook aan die stoel vas. Die sy het die stoel (met my natuurlik daarop) gestoot tot waar ek sou sit en na haar kyk. Toe gaan Sandra kombuis toe en kom terug met 'n groot glas water.

"Drink hierdie Erika," het sy vir my gesê. Sy het die glas aan my lippe gesit en ek het omtrent die helfte daarvan deurgekom sonder om asem te haal. Toe lig sy dit op en gooi dit by my mond uit. Ek het dit nie verwag nie en daar was meer as wat ek kon vat. Dit het verby my lippe gevloei en by my nek en borste afgeloop tot op die sitplek. Ek het in 'n baie vlak plas gesit. Ek kon die koue water op my anus en poeslippe voel. Daar was min wat ek kon doen om dit te skuif.

Sandra het my alleen gelos en ek is in die steek gelaat om te sit en kyk hoe sy TV kyk. Elke keer as 'n advertensie verskyn het, het sy die glas volgemaak en my laat drink. Dit het vir twee uur aangehou.

weer die behoefte gevoel om te piepie. Ek het desperaat geraak. Ek het tred verloor met hoeveel water ek gedrink het, maar my blaas was gereed om te ontplof! Ek het in my sitplek gewikkel, maar geen posisie het gehelp nie.

"Moet jy slaaf piepie?" Sandra het my
gevra toe sy my sien doen dit.

"Ja Juffrou," het ek geantwoord, verlig
dat ek gaan haal om toilet toe te gaan.

"Dan het jy my toestemming om te
piepie," het sy geantwoord.

"Um, kan jy my losmaak sodat ek kan
piepie Juffrou?" Ek het gevra.

"Jy hoef nie losgemaakte slaaf te wees
nie, piepie net," het Sandra gesê.

"Hier?" vra ek verward.

Sandra het opgestap en my linker tepel
tussen haar duim en wysvinger geneem.
Sy het dit hard getrek. " Let op. Pis," sê
sy en gee dit nog 'n trek. Ek het probeer

ontspan. Dit was nie maklik nie. Sandra het reg voor my gestaan. Ek was nie gewoond daaraan dat iemand my dophou om dit te doen nie. Ek was ook nie gewoond daaraan om vasgebind te wees nie.

Ek kon dit voel kom, daardie aanvanklike stormloop, die vloei na my lippe vanaf my blaas.

"Moenie my tyd mors nie slaaf, piepie," het Sandra vir my gesê. En toe voel ek dit. My piepie het tussen my lippe gebars soos 'n vloed wat 'n wal breek. Dit het op die stoel gespuit en dan oor die rand, vermeng met die water wat om my opgedam het.

Sandra het voor my gekniel en terwyl ek verstom toekyk, vooroor geleun dat die stroom van my piepie oor haar bloes spat.

" O goeie meisie," het sy vir my gesê en ek voel bly om gekomplimenteer te word. Ek het gekyk hoe my piepie in Sandra se bloes intrek totdat daar niks oor was om te piepie nie. Sy het vorentoe gestrek en met haar vinger deur die piepie wat om my boude en poesie geplas het, getrek en dit dan na my tepel gelig en dit daaroor gevee. Dit was 'n nat, elektriese aanraking wat 'n opwinding deur my lyf gestuur het. Toe staan sy op en los my daar. Ek het nie geweet wat om te doen nie. Ek het net in 'n vlak poel van my eie pis gesit.

Sandra het teruggekeer. Sy het weer die glas water gedra. Sy het my dit laat drink. Toe gryp sy my hare en trek my gesig na haar bors toe.

"Suig my tietslaaf," sê sy vir my. Sy het haar bors in my gesig gedruk en ek het my mond oopgemaak en aan haar bors gesuig , geklee soos in haar bloes wat deurdrenk was van my piepie.

"Jy weet, ek begin van jou slaaf hou. As jy baie goed is, kan ek jou selfs later laat kom." Sy trek haar bloes af en toe haar bra. Ek het amper letterlik kwyl toe ek haar borste sien. Hulle was ongelooflik. Sy het haar klere in die plas pis en water laat val en toe sit sy net en kyk TV, en laat my steeds sit in 'n vinnig afkoelende plas wat ek op my naakte lippe en geplooide anus kon voel.

Ek het seker nog 'n halfuur daar gesit en gewonder of ek die hele nag hier gaan wees.

"Tyd dat ek gaan slaap," kondig Sandra aan my aan, staan voor my met haar wonderlike groot borste ontbloot en terg my. "Ek gaan jou nou losmaak Erika en ek wil hê jy moet my instruksies volg. Ek sal regmaak vir bed. Terwyl ek dit doen,

sal jy hierdie gemors skoonmaak. Dan
sal jy in my kamer inkom en my lek tot
Ek kom. Verstaan jy?"

"Ja Juffrou," het ek geantwoord. Sandra
het agter my geskuif en my losgemaak.
Ek het my polse gevryf terwyl Sandra
wegbeweeg en toe begin om die gemors
op die vloer, stoel en Sandra se bloes op
te ruim. Ek het die stort gehoor en
kortliks gedink dat dit 'n wonderlike
geleentheid sou wees om myself te
plesier, maar was versigtig. Om my geluk
te ken , sou ek weer gevang en gestraf
word. En wie weet waarmee Sandra
volgende vorendag sou kom.

Ek het betyds in die slaapkamer ingetrek
om te sien hoe sy kaal uit die ensuite
stap. Sy was so sexy. Sandra lê op die
bed en sprei haar bene. "Eet my slaaf,"
het sy vir my gesê.

Ek het tussen haar bene opgekruip en haar sy, haarlose poes afgekyk. Haar lippe was reeds verswelg, klaarblyklik gereed vir 'n bietjie liefde, haar klitoris regop en loer tussen haar lippe. Ek het my vingers gebruik om haar skaamlippe te skei en dan met my tong deur haar spleet gedruk, na binne gedruk en dan op en oor haar klit.

"O ja," prewel sy voordat sy my bemoedig en eis dat ek voortgaan. My tong het oor en oor en oor haar poes gewerk, in en uit en heen en weer. Ek kon my eie sappe tussen my lippe voel uitspoel dat ek so opgewonde was. Ek wou so graag aandag hê , maar het daarop gekonsentreer om my minnares te behaag. Sy het heerlik gesmaak.

Ek het gehoor hoe haar asemhaling korter word, in 'n broek kom en hyg en toe is my kop tussen haar dye vasgeklem toe sy kom, en 'n stroom vloeistof na my gesig gespuit! Ek het gelek en slurp en

Sandra het uitgeroep, krampagtig van
haar plesier.

"Goeie meisie Erika," sê sy toe sy stop en
ek was verbaas oor hoe bly ek was om
sulke lof te ontvang. Sandra kyk na die
klam kol wat op haar laken versprei en
glimlag.

"Ek dink ek sal 'n skoon laken slaaf
nodig hê." Sy het vir my gesê waar om
dit te kry en ek het vir haar een gaan
haal. Nadat ek dit op die bed gesit het
(Sandra het my heeltyd dopgehou) het
ek gevra wat sy wil hê ek moet met die
nat een doen.

" O, jy kan op daardie liefie slaap. Aan die
voetenent van my bed," is ek ingelig.
Sandra het my aan die voetenent van
haar bed laat lê en die een enkel aan die
bedpaal vasgemaak sodat ek nie baie ver
van haar af kon beweeg nie. Sy het gesê
ek moet my bene sprei sodat sy weer na

my poes kan kyk. Sy het 'n vinger deur my spleet gedruk en my rug het geboë en probeer om die kontak so lank as moontlik te behou. Haar vinger is in my gedruk en ek het uitgeroep en die plesier wat ek uiteindelik gekry het na 'n dag van ontbering. Dit is teruggetrek en ek het gekyk hoe Sandra dit skoonsuig.

"Goeie nag slaaf." Sy spring op die bed. "En as jy wonder, as jy moet piepie, doen jy dit daar, tensy ek jou in die oggend losmaak." En daarmee het ek niks anders van haar gehoor nie.

Dit het my nogal lank geneem om te gaan slaap, maar ek het dit uiteindelik reggekry.

Toe ek wakker word, was dit om Sandra te vind wat naak oor my staan. Dit was die mooiste uitsig op haar lang lang bene, verby haar kaal spleet, tot by die ronding van die onderkant van haar

borste, haar kop vorentoe gebuig sodat
ek in die gesig kyk. Ek het gestrek en
gevind dat ek reeds losgemaak is.

"Hierdie is vir jou," sê sy vir my en laat 'n
blou katoenbroekie glimlaggend op my
val.

" Ag dankie Juffrou," sê ek, opreg
ingenome. Sy het gekyk hoe ek hulle
aantrek en my toe voor haar laat staan.

"Juffrou, mag ek asseblief die toilet
gebruik?" Ek het haar 'n bietjie
senuweeagtig gevra.

"Nee. Kniel neer," sê sy vir my. Ek het
voor haar gekniel. "As jy gereed is om te
gaan, piepie die broekie, slaaf. Ek wil
sien jy maak dit nat." Sy gaan sit
kruisbeen voor my en wag. Dit was nie
lank nie totdat ek dit nie kon hou nie
nadat ek net wakker geword het. Ek het

gevoel daardie tinteling en gejaag en toe
word die broekie nat, my pis wat die stof
week en dan by my been afloop. Ek het
hulle effens geskei en dit val op die laken
waarop ek geslaap het.

"Ek hou daarvan om te kyk hoe jy piepie,
slaaf," het Sandra gesê. "Nou kan jy my
dophou." Sy staan voor my en leun
effens agteroor en skei haar skaamlippe
met haar vingers. Ek het skaars
geregistreer wat sy doen toe 'n skerp
stroom warm pis soos 'n veer uit haar
spuit, my op die bors slaan, oor my
tepels en maag en af na my poes
hardloop. Ek het haar warm piepie op
my kaal lippe gevoel.

" Ag, jy word 'n wonderlike slaaf, jy het
nie eers geskrik nie," sê Sandra
glimlaggend vir my. Sy het haar hande
uitgesteek en ek het myne in hare gesit.
Sy het my op my voete gelig en sy het my
teen haar getrek, my lyf nat met haar pis
teen hare gedruk. My gesig was net

bokant die vlak van haar tepels en ek het
gevoel hoe ek teen haar wonderlike tiete
verpletter is. Ek wou so graag haar groot
tepel suig.

"Kom stort saam met my Erika," het
Sandra gesê. Ons het in die badkamer
ingegaan en kort voor lank het ek saam
met haar in die alkoof gestaan, veral nog
met die broekie aan. Sandra het my haar
deeglik laat was, let op haar anus en
dring daarop aan dat ek my vinger in
haar stywe gaatjie laat glip. Toe vat sy
die seep by my en begin my lyf was.

Ek het nog nooit gepyn vir die aanraking
van 'n vrou soos ek gedoen het toe sy
met haar hande oor my klein borste
begin hardloop het nie. Sy het my tepels
geflikeer en geknyp en geterg en ek het
met elke aanraking gekreun.

Sandra het die waterstroom so geskuif
dat dit my mis en toe was haar hand

onder in die broekie en seep my boude.
Ek het gevoel hoe haar vinger na my
anus druk en ek het teruggedruk, gevoel
hoe dit 'n bietjie binne gly.

"Dit moet jou doodmaak Erika, ek wed al
wat jy nou wil hê, is om te kom,"

"O ja, Juffrou," het ek met 'n halwe skud
in my stem reggekry. Ek het gesien hoe
sy 'n skeermes optel en dit in haar hand
draai. Sy het seep oor die hele
handvatsel begin smeer en ek voel hoe
die broekie by my bene aftrek. Sy het my
na die muur gedraai en my hande voor
my laat plaas, my bene oopgesprei. Toe
word die punt van die
skeermeshandvatsel in my anus gedruk.
Ek het gekreun en dit is harder gedruk.

Sandra het nie gestop totdat die hele
hand diep in my gat was nie, net die
uitspringende punt waar die skeermes
normaalweg gemonteer sou wees, wat

haar keer om dit verder in te skuif. Sy het dit binne-in my gedraai, die ronding van die handvatsel draai in my boude. Dit was amper genoeg om my tot orgasme te dryf. Amper, maar nie heeltemal nie.

Toe is dit teruggetrek, my boude is afgewas en die broekie terug in posisie getrek. Weereens, my poes was verlate. Ons was uit die stort en Sandra het haarself drooggemaak. Ek is nie 'n handdoek gegee nie.

Sandra het my toe na die slaapkamer gelei en vir my gesê dat sy 'n paar dinge het om voor te sorg. Toe ek op haar bed gelê en vasgebind is, het sy vir my gesê dat sy 'n goeie idee het hoe geil ek is en my nie vertrou het om nie te orgasme terwyl sy weg is nie. So ek was vasgemaak met beweegruimte, net nie genoeg om enige van die knope of my poes te bereik nie. Die beste wat ek kon

regkry, was om een hand op my tepel te
kry.

Toe was ek alleen.

Dit was ure later dat ek wakker gemaak
is deur die geluid van stemme wat die
slaapkamer binnekom..

TWEEDE DEEL

Die deurklokkie lui.

"Gaan kyk wie is by die deur Erika," hoor ek Sandra uitroep. Ek het na die deur gegaan, vreesbevange. Ek is immers toegelaat om niks anders as 'n broekie in die huis te dra nie, so wie ook al daar was, was op die punt om my klein borste en regop tepels te sien.

Voorlopig het ek deur die spioengat geloer om 'n man daar te sien staan.

Dit was moeilik om te sê hoe hy werklik gelyk het deur daardie verwronge siening, maar hy was in 'n pak geklee.

"Goed, het ek gedink, ek gaan een of ander verkoopsman die grootste opwinding van sy jaar gee!" Ek het die

deur oopgemaak en dit wyd genoeg
geswaai dat ek om dit kon loer.

"Ja?" Ek het gevra.

"Is Sandra in?" vra hy my, sy oë beweeg
van my gesig af na my nek en
sleutelbene. Hy lek sy lippe af. Ek dink
hy het geweet ek was nie behoorlik
aangetrek agter die deur nie.

"Wie kan ek sê bel?"

"Dan."

"Wag asseblief 'n oomblik hier," sê ek vir
hom en maak die deur toe. Ek het Sandra
gaan soek en haar uit die toilet gekry.

"Daar is 'n Dan hier om jou te sien
Sandra," het ek haar ingelig.

"O, hoe lieflik," het sy uitgeroep. "Gaan asseblief en laat hom in, bring hom dan in die sitkamer."

Ek het teruggekeer na die deur en dit oopgemaak, hierdie keer wyd genoeg dat Dan sou kon instap. Ek het gevoel hoe sy oë op en af my lyf beweeg en voel hoe ek reageer op die eerlike beoordeling. Niks is gesê nie, maar Dan het by die voorportaal ingestap sodat ek die deur kon toemaak.

"Volg my asseblief," sê ek vir hom en stap in die rigting van die sitkamer. 'n Kykie oor my skouer het verseker dat hy agtervolg, en ook vir my gesê dat sy oë op daardie tydstip vasgenael was aan my broekieklaaide boemelaar.

Ek lei Dan na die sitkamer waar Sandra op die rusbank gesit het. Sy staan toe

Dan aankom en stap in om hom te omhels.

"Haai daar Dan, dis so goed om jou te sien!" sy het gese.

" So ook Sandra. Ek was in die stad vir besigheid en moes inloer."

"Soek jy 'n drankie?"

"Skots?" vra Dan.

"Natuurlik. Erika, kry asseblief vir Dan 'n Scotch. Op ys, ja?" het sy gesê en met Dan bevestig. Hy knik en ek vertrek na die drankkas oorkant die koffietafel van waar hy en Sandra nou self op die rusbank gesit het. "En kry vir my ook een," het sy bygevoeg.

Ek het vooroor gebuig, my knieë reguit gehou toe ek die bottel uit die kas haal, seker om my broekie-geklede poes reguit na Sandra te hou soos ek aangesê is om te doen toe ek dinge van laag af haal. Sandra het van my bene gehou en was nie een wat my 'n geleentheid laat verspil het vir haar om hulle te bewonder nie.

Ek het Dan 'n drankie verbygesteek en toe vir Sandra hare gegee voordat sy gesê het: "Dankie Erika, jy mag op daardie kussing sit." Sy wys 'n kussing in die hoek van die sitkamer en ek gaan sit, bene gekruis, bewus van die feit dat Dan toegelaat het dat sy blik nou en dan na my borste oorslaan terwyl hulle praat.

Hulle het omtrent 'n halfuur gesels en ek het hul drankies 'n paar keer aangevul toe Sandra vir Dan gesê het nadat hy my weer gekyk het: "Hou jy dan van my nuwe speelding?"

"Baie, sy is uiters oulik, Sandra, jy het baie goed gedoen vir jouself."

"Ja, sy het ook nogal vinnig geleer," sê Sandra en ek voel 'n warm gloed oor die lofprysing.

"Daar is iets omtrent daardie klein borste wat my oog bly trek," het Dan gesê. "Ek kan nie heeltemal my vinger daarop lê nie, want ek is gewoonlik meer in 'n lekker yslike meisie soos jy, maar daar is iets omtrent haar ..."

"Ek weet wat jy bedoel," het Sandra geantwoord, "ek was eers dieselfde. Nou aanvaar ek dit as vanselfsprekend. Sy reageer immers steeds op 'n goeie tepeltrek."

"Gee jy om as ek dit probeer?"

"Natuurlik nie. Erika, kom asseblief hierheen." Ek staan op en stap na waar hulle twee sit. "Kniel hier." Ek het voor hulle gekniel. Dan het sy hand uitgesteek en 'n hand oor my bors gedruk voordat hy my linker tepel tussen sy duim en wysvinger geneem het. Hy het getrek en gedraai en ek voel hoe 'n skerp pyn deur my bors skiet. Ek het gekreun, nie in staat om myself te help nie.

Sandra het sy hand uitgesteek en terselfdertyd aan my regtertepel getrek en ek kreun weer.

"Hulle is lieflike klein tepels, is hulle nie?" sê sy vir Dan wat met haar saamstem. Hulle twee het vir 'n rukkie met my tepels aangehou speel en toe skielik (dit het altans vir my gelyk) gestop en hul gesprek hervat. Ek het eenvoudig daar gekniel, omdat ek geen opdrag gekry het om iets anders te doen nie.

Toe word ek gevra om nog drankies te gaan haal en het dit gedoen. Nadat ek hulle afgelewer het, het ek gehuiwer, onseker waarheen ek veronderstel was om terug te keer, voor hulle of die hoek gekniel. Sandra het seker opgemerk en my opdrag gegee om weer voor hulle te kniel.

"Maar trek daai broekie uit, ek wil hê Dan moet jou geplukte poes sien ..." voeg sy by toe ek halfpad vloer toe is. Ek het weer gaan staan en my broekie by my bene afgetrek en my gladde, bles heuwel ontbloot. Dan het my gesit en bewonder, sy blik vasgehou aan my poes.

"Wel, sy het seker 'n pragtige poes, het jy gesê dis gepluk?" sê Dan, met een hand besig om die kruis van sy broek aan te pas.

"Ja, jy weet hoe ek nie van hare hou nie en skeerstoppels is 'n afdraai, so ek het haar daar laat sit en haarself, een hare op 'n slag, pluk. Dit was baie lekker en ek dink haar poes lyk baie beter daarvoor .

"Ek wed dis lekker styf."

"Ek weet nog nie , ek het haar nie toegelaat om iets aan haar poes te doen nie en ook nie vandat sy hier aangekom het nie. Sy moet die reg verdien om behoorlik genaai te word in hierdie huis. "Dit maak haar lieflik en nat egter," het Sandra bygevoeg, terwyl sy my weggooi-broekie opgetel het en vir Dan die nat spoor op die kruis gewys het.

Hulle praat oor my asof ek nie daar was nie, het my begin aanskakel. Die hele wese wat as 'n voorwerp behandel is, het my eers gedemoraliseer, maar nou het dit vir my gesê: "Dit is jou rol en jy word waardeer. Geniet dit en geniet dit." Dit het Dan natuurlik ook aangeskakel, want hy het 'n duidelike ereksie in sy broek gehad.

"Hoekom Dan, is daar iets waarmee jy hulp nodig het?" Sandra het hom gevra om homself aan te pas. Sy reik 'n hand oor en streel sy piel deur sy broek.

"Ek sal graag hulp verwelkom."

"Jy moet dan beter opstaan," sê sy vir hom. Dan staan en Sandra het vir my gesê om sy broek los te maak en sy piel uit te haal, maar om nie daaraan te raak nie. Ek het sy gordel losgemaak en toe die knop en glip van sy jeans wat na die vloer gegly het. Hy het wonderlike bene gehad en moes 'n fietsryer gewees het, want hulle was sonder hare. Sy haan het teen sy boksers uitgedruk, wat ek afgetrek het, versigtig om hulle te

maneuver sonder om sy haan vas te
vang of aan te raak. Dit was lank en dik
en baie indrukwekkend. Ek wou uitreik
en dit vashou, maar het geweet dat dit
meer moeilikheid sou beteken as wat ek
kon dink.

Dan het terug op die rusbank gesit en
Sandra het oorgeleun en langs die lengte
van Dan se piel begin lek. Ek het gekyk
hoe haar tong saggies langs die are dans
en om die kop krul. Dan kreun.

"Jy kan met haar tiete speel Dan en jy
kan aan haar heuwel raak, maar moenie
aan haar lippe raak of penetreer nie," het
Sandra vir hom gesê voordat sy sy piel
goed in haar mond geneem het. Sy gly dit
glad op en af oor sy lengte.

Dan het sy hand uitgesteek en my aan
my regtertepel nader aan hom getrek.
Die vingers van sy ander hand dans oor
die gladde vel van my heuwel, gevaarlik

naby aan my lippe, maar raak nooit daaraan nie. Toe trek hy weer aan my tepels. Hard. Dit was seer, hy het so hard getrek dat ek seker was dat hy hulle kneus, maar ek het nie gehuil nie, net daar gestaan en die pyn gevat en gefokus op Sandra met 'n haan wat in en uit haar mond gly.

Sy stop en trek haar top oor haar kop af voordat sy haar bra loslaat, haar massiewe borste het heerlik vry gespoel. Sy gryp Dan se haan en plaas dit tussen haar borste en gebruik haar hande om dit tussen haar mammas vas te vang . Toe dribbel sy spoeg uit haar mond oor die bokant van sy piel en begin haar borste op en af te gly oor sy piel, weerskante daarvan.

Dan het opgehou om my aandag te gee en kyk hoe Sandra sy piel met haar tiete naai. Toe begin sy met haar tong oor sy lyf opwerk totdat sy op hom gelê het met haar borste ingedruk teen sy bors en haar bene na weerskante van hom gesprei. Dan het aan haar romp getrek totdat dit om haar middel vasgebind was. Toe gryp hy haar broekiekouse en skeur hulle uitmekaar. Sandra het geen broekie onder haar slang gedra nie.

Sandra leun vorentoe en Dan gryp sy haan en rig dit op haar poes. Sy het teruggedruk en langs sy paal gegly en dit in haar ingebed. Ek het langs hulle gestaan terwyl Sandra op en af op sy stywe piel gery het, wagtend en gewonder wat ek sou kry om te doen. Sandra moes my gedagtes gelees het.

"Kom hier," sê sy vir my en sodra ek naby genoeg was, neem sy 'n tepel in haar mond en suig gretig daaraan terwyl sy op en af wip. Dan druk Dan Sandra terug totdat hulle van posisie verander het en hy hou homself oor haar, dryf sy piel in haar in 'n sendelingposisie, sy balle klap teen haar met elke inwaartse stoot.

Ek het hom hoor knor en gesien hoe hy homself binne hou, duidelik sy sperm diep in haar skiet, voordat hy sy piel uittrek.

"Dankie Sandra, dit was so wonderlik soos altyd," sê hy vir haar.

"Maak hom skoon Erika, gebruik jou mond," sê Sandra en kyk na my. Ek het neergekniel en Dan het met sy bene gesprei op die rusbank gesit, sy piel nie heeltemal uitgeput nie, glinsterend van hul gekombineerde sappe. Ek het my mond gebruik, aan sy haan gesuig en gelek en hom van hul plesier skoongemaak. Soos ek dit gedoen het, het hy weer opgestaan tot 'n heeltemal regop toestand en ek het my verlustig in so 'n groot haan om te suig.

"Stop Erika, hy is skoon. Jy moet my nou skoonmaak. En hierdie keer hou jy nie op totdat ek klaar is nie." Sandra het my vertel. Ek het tussen haar bene oorbeweeg en sy het vorentoe gegly tot haar boude aan die rand hang, bene vir my geskei.

Ek het haar poesie bewonder en my tong saggies op haar skaamlippe gesit, lek en skoongemaak. Toe sien ek dat daar tussen haar lippe en af na haar anus vloei. Ek het dit met my tong gejaag en moes oral om en oor haar geplooide gat lek om aan die eise van die taak wat ek gestel is, te voldoen. Sandra kreun hard toe my tong oor haar anus dans.

Ek het tussen haar lippe gepeil, gelek, gesuig, die sperm van haar skoongemaak en toe opbeweeg na haar klit. Ek het my tong oor die bokant gehardloop en dan weer afwaarts voordat ek dit om en om gesirkel het. Ek kon sien hoe Dan sy piel

uit die hoek van my oog streel terwyl hy
kyk hoe ek op my minnares optree.

Ek het in 'n ritme gevestig en is beloon
toe ek Sandra hoor huil en haar liggaam
spasm van haar orgasme.

Toe sy herstel het , het sy vir my gesê dat
ek nou na die hoek kan terugkeer. Ek
was deeglik bewus van hoe nat my poes
was toe ek my pad terug oor die kamer
gemaak het. Dan en Sandra het nog 'n
bietjie gesit en gesels, en hulle het dit
ook nie as die moeite werd beskou om
bekommerd te wees oor die herstel van
hul klere nie.

"Sy is beslis 'n heerlike jong speelding,"
het Dan op 'n stadium gesê. "Enige kans
dat ek in haar mond kan kom?"

"Ek het nog 'n idee. Sy was baie goed en
verdien 'n beloning. Nie so goed nie, let

wel," het Sandra bygevoeg toe sy sien hoe sy oë oplig. "Kom saam met my Erika," het sy gesê. Ek het Sandra gevolg tot in die slaapkamer waar sy met 'n lengte koord gewag het. Sy het my my arms langs my laat vashou en die tou op elmbooghoogte om my vasgemaak sodat ek my onderarms kon beweeg, maar nie my bo-arms nie. Dit was lank genoeg dat sy dit om en om oor my bors kon draai, my bo-arms heeltemal stil gebind het en genoeg lengte gelaat het dat sy my daarby kon lei.

En sy het, terug in die sitkamer waar Dan gewag het, nog 'n paar lengtes koord oor haar ander arm gedrapeer.

"Dit lyk nou belowend," sê Dan terwyl hy ons sien nader kom.

"Kniel neer Erika," het Sandra vir my gesê. Ek het neergekniel en gevoel hoe Sandra nog 'n lengte koord om die agterkant van my bene trek. "Sit nou terug op jou hakke en leun dan vorentoe om jou kop op die vloer te sit sodat jou knieë teen jou bors is." Ek het so gedoen. Die lengte koord wat nou agter my knieë vasgevang was deur my gevoude bene, is oor die agterkant van my nek gebring en dan voor dit vasgebind. Sandra pas my effens aan .

Op die ou end het ek my voorarms en onderbene op die grond gehad, so gevou dat ek nie kon beweeg nie, my boude het agter my uitgewys. Dit was nie gemaklik nie en ek het gehoop dat dit net kon beteken dat Sandra Dan my gaan laat naai en my 'n bietjie vrylating gee.

Ek was amper so gelukkig.

"Ek bêre dit vir my," hoor ek Sandra van agter my sê terwyl 'n vinger so stadig oor my linkerbuiteste poeslip hardloop. Ek het gebewe met die aanraking. "Maar ek dink dis tyd dat hierdie speelding 'n bietjie gebruik word . Speelgoed moet immers gespeel word, nie op die rak in hul omhulsel gelos word nie. En daarom gaan ek laat jou haar Dan naai, net hier."

Ek het gevoel hoe haar vinger liggies op die middel van my anus rus.

"Nou is daar 'n geskenk wat ek met graagte sal aanvaar," het Dan geantwoord.

"Laat ek haar net vir jou voorberei," het Sandra gesê. Sy het die kamer verlaat en teruggekom. Die eerste ding wat ek gevoel het, was haar tong wat liggies om my anus lek. Dit was wild. Ek wou reageer, maar was te streng gebind om dit te doen. Toe voel ek iets koels oor my boude hardloop.

Sandra het dit in my anus begin vryf. Dit moet smeermiddel wees het ek by myself gedink. Sy het aan my anus gedruk sonder om te penetreer, met haar vinger of duim heen en weer oor die ingang vir 'n rukkie tot by die punt waar sy haar vinger binne-in my gespit het. Ek het gesnak terwyl sy dit stewig verby die weerstand van die ring van my spier gly.

Sy het dit 'n paar keer in en uit gegly voordat sy nog smeermiddel aansmeer en 'n tweede vinger met die eerste ingedruk het. Ek het gesnak.

"Ok Dan, dink jy jy kan regkom?" vra sy laggend.

" O, ek is seker dat ek kan," het hy geantwoord. Ek voel hoe die kop van sy groot haan teen my anus rus. Die druk het stadig toegeneem totdat ek kon voel hoe hy in my verslap. Ek het op my lip vasgebyt om enige geraas wat ek kan maak te smoor so stadig maar ferm hy sy pad binne my gewerk het. Ek kon nie glo hoe groot dit voel nie. Ek wou tyd hê om aan te pas, om gereed te maak vir wat kom, maar is dit nie toegelaat nie. Hy het meedoënloos ingedruk en ek het geen ander keuse gehad as om hom toe te laat nie. En toe stop hy. Hy het sy piel so ver in my vasgehou dat ek gedink het hy moes gereed gewees het om my mangels te stoot. En toe het hy teruggesak. Dit was asemrowend.

Hy het weer gedruk; teruggly en ek het gevoel hoe Sandra lube op ons dribbel terwyl ons weer saamgesmelt het. Dit drup verby sy piel en my anus na my poes en ek was seer om dit aan te raak. Dan het my gat nou begin naai en soos ek aangepas het , het ek dit baie geniet, so effens geskud om sy inval in my boude aan te moedig.

Ek wou my klit aangeraak hê. Ek was aan die brand. Ek het geweet dat dit net die geringste aanraking sou verg om my te laat kom soos ek nog nooit tevore gehad het nie, maar daar was niks wat ek kon doen om dit te bereik nie. En toe kom Dan en oorstroom my boude met sy saad.

"Baie dankie Sandra," bied hy aan voordat hy na die badkamer vertrek.

""Laat ek jou skoonmaak, Erika," sê Sandra in sy afwesigheid. Ek het gevoel hoe haar tong die spleet van my poesie oplek tot by my anus waar sy gelek en gesuig het totdat daar geen kom meer oor is nie.

"Wel, Sandra, ek moet gaan," sê Dan en kom terug van die badkamer af. "Dankie vir so 'n heerlike kuier."

"Enige tyd Dan, bly jy het gestop," het sy geantwoord. Sy het hom na die deur geloop. Sy het my op my sy gerol, steeds vasgebind en toe gaan sit om TV te kyk.

Ek het op die vloer gelê, net in staat om die TV te sien, met die gesig van Sandra af. Ek kon nie my kop ver genoeg draai om haar werklik te sien nie . Dit was onvermydelik dat dit sou gebeur en al het ek anders gehoop, moes ek piepie.

"Asseblief mevrou, ek moet toilet toe gaan," het ek gesê, nie verwag om toegelaat te word nie, maar net vir ingeval moet vra.

"Wel, ek kyk die TV en het nie tyd om jou los te maak nie, so jy kan óf vashou tot die einde van die program óf jouself net verlig. Ek het probeer vashou, maar tevergeefs, uiteindelik, voor die einde van die program het ek geen ander

keuse gehad as om my piepie te laat
gaan nie.

Toe ek klaar was het ek in my pis op die
vloer gelê en was verbaas toe ek voel dat
Sandra na my toe beweeg het. Ek voel
hoe haar hand oor my heup streel en die
gly af oor my boude om met haar vingers
aan my piepie deurweekte poes te raak.
Sy het hulle heen en weer langs my
spleet gehardloop en gou het die
vogbedekking my verander. 'n Vinger
het na my anus gepeil en stadig na binne
gewerk en toe, tot my verbasing, het een
in my poesie gegly.

Ek het gekreun, dit was die eerste
direkte kontak wat sy met my poes
gemaak het en ek het skielik besef hoe
baie ek dit begeer het. Toe was Sandra
besig om die toue wat my vasgebind het,
los te maak.

"Kom saam met my, dis tyd dat ons meer pret het." Met die weggooi van die laaste toue het ek stadig van die vloer af gestaan en my liggaam masseer waar dit vasgemaak was. Ek was al 'n goeie uur of wat in daardie posisie en het 'n bietjie gestruikel by my eerste tree. Sandra het my in die badkamer ingelei en die stort aangeskakel.

Sandra het haar hand op en af teen die kant van my lyf wat in my urine gelê het, gehardloop. Haar nat hand omvou my bors en toe laat sak sy haar kop na my tepel en suig daaraan. Toe maak sy die sifdeur na die stortalkoof oop en stap in en wink vir my om haar te volg.

"Kniel daar Erika," sê sy en dui die vloer voor haar aan. Ek het op die vloer gekniel, my gesig gelyk met haar poesie, oë opwaarts gegooi, verwonderd aan die onderkant van haar hangende borste.
Die water het teen Sandra se rug gespat

en ek het net af en toe 'n dwaalstroom gekry soos sy beweeg.

Sandra bring haar hande na haar poesie en sprei haar lippe voor my uit en leun dan effens terug. Van die water het nou oor haar skouers na my toe geloop terwyl sommige tussen haar borste na haar poes afgeloop het. Terwyl ek kyk, my oë wat haar skoonheid ondersoek en die sig wegbêre, het sy begin piepie. 'n Stroom warm pis kort uit haar poes en slaan my op die nek. Sandra leun weer vorentoe en kyk hoe sy oor my tiete pis.

"Maak oop jou mond Erika, drink my pis." Ek het na haar gesit en kyk, nie beweeg nie. "Erika, dit was nie 'n versoek nie, dit was 'n bevel. Drink my pis." Die stroom het nou opgehou, Sandra het natuurlik teruggehou vir 'n teken van my bereidwilligheid om aan haar versoek te voldoen. Sy het 'n hand uitgesteek en my hare gegryp, my kop agteroor gekantel en oor my getrap sodat haar poes net 'n duim van my mond af was.

"Moenie dit moeilik maak nie, speelding. Natuurlik is jy nie gereed vir die plesier wat ek jou sou toelaat om te hê nie." Ek het gevoel hoe haar pis my lippe tref en hulle saamgedruk hou terwyl dit oor hulle en in my nek en bors afstroom. Toe sy klaar was, stap sy van my af weg en toe uit die stort. Sy steek terug in en draai die water af.

Ek het nie beweeg nie, want ek kon aanvoel dat die bui verander het. Sandra droog haarself stadig af en verlaat dan die kamer. Toe sy terugkom, het sy die lengtes koord uit die sitkamer gehad. Hulle was merkbaar klam. Sandra het een geneem en dit om my nek gedraai voordat ek vir my gesê het om haar te volg. Dit was nie styf nie en ek het ook opgemerk dat dit glad nie 'n glyknoop was nie, dit het gelyk of dit bloot weer

die verhouding tussen ons definieer.
Meester en dienskneg.

Terug in die slaapkamer het Sandra vir
my gesê om in 'n doggy posisie te kom.
Ek het gedoen soos vir my gesê is en sy
het na haar kas gegaan. Nadat sy 'n
rukkie binne rondgevis het, het sy
teruggekom met 'n enorme swart dildo
en 'n buisie smeermiddel. Sy het vinnig
begin om my anus in te smeer met 'n
aantal vingers wat nou binne-in my
gedruk is. Toe het sy voor my inbeweeg
en smeermiddel teen die groot stuk
rubber wat sy vasgehou het, reg voor my
oë gedrup. Ek het geen idee gehad hoe
dit veronderstel was om in my boude te
pas nie.

Ek het egter gou agtergekom toe sy dit
stadig maar ferm teen my geplooide gat
gedruk het. Ek kon voel hoe ek strek,
wyer as wat ek nog ooit tevore gedoen
is. Ek was seker dat sy my anus gaan
skeur, maar sy het geweet wat sy doen.

Dit het haar 15 minute geneem om tevrede te wees met hoeveel van daardie monster sy in my boude gehad het en toe stop sy. Ek slaak 'n sug van verligting toe sy ophou om dit dieper te druk. Ek was op my hande en knieë en kon voel hoe dit weer begin uitgly toe sy haar houvas daaraan los. Dit is egter vinnig gestop toe Sandra 'n koord om dit vasgebind het en dan om een been, die ander en my nek ook.

Ek het my op my sy gelê, my hande was aan die been van die bed vasgebind en my enkels saamgebind.

"Goeie nag speelding," het Sandra gesê.

"Goeie nag juffrou," het ek stil geantwoord. Ek het daardie aand nie regtig geslaap nie. Ek was eenvoudig nie gemaklik genoeg nie. Ek het af en toe gesluimer, maar dit was omtrent dit. En toe ek in die middel van die nag moes piepie, het ek geen poging aangewend om iets anders te doen as om te piepie waar ek gelê het nie.

Toe Sandra wakker word, het sy reguit na haar kas gegaan en 'n leersweep uitgehaal. Sy het my weer in 'n hondeposisie gekry en toe die sweep teen my boude geswaai.

Zas!. Ek het geskrik en die angel van die leer gevoel.

"Ek dink hierna verstaan jy dalk werklik my behoefte aan volkome gehoorsaamheid," was die enigste ding wat sy vir my gesê het voor die sweep my rug en gat telkens weer geslaan het. Geen vel was gebreek nie, maar dit het gesteek en ek het geweet daar sou baie rooi merke wees as ek myself in die spieël kon sien.

Na 'n tyd is ek weer gelos en het nie beweeg nie. Toe Sandra terugkom, het sy 'n stoel gehad. Sy het dit voor my neergesit en toe weer die kamer verlaat. Hierdie keer toe sy terugkom, het sy twee bakkies graankos gehad. Sy het een voor my op die grond neergesit en saam met die ander in die stoel gaan sit.

"Eet," was al wat sy gesê het. Ek het die bak met my hande optel, maar het gestop toe sy bygevoeg het: "Geen hande nie." Ek het my gesig na die bak laat sak en die graankos soos 'n hond geëet terwyl sy naak voor my sit en haar eie ontbyt eet. Toe ek soveel as wat ek kon uit die bak geëet het , sit ek agteroor op my hakke en wag, die massiewe dildo wat nog in my gat begrawe is en tussen my voete uitsteek. Ek was versigtig om dit nie verder te forseer nie. Sandra het haar ontbyt klaargemaak en opgestaan en na my toe beweeg.

Sy staan weer oor my, haar poes 'n duim van my mond af.

"Maak oop jou mond Erika," sê sy heel kalm. Ek het gehuiwer. Sy gryp my hare en trek dit. Dit het gevoel of sy dit van my kopvel sou ruk. Ek het my mond oopgemaak. Sandra het in my mond begin pis. Ek laat dit vul , nie sluk nie en toe loop my mond oor en haar pis loop oor my nek en oor my borste. Dit het gelyk of sy vir ewig piepie en ek het gewonder hoeveel water sy gedrink het ter voorbereiding van vanoggend. Dit moes baie gewees het.

Toe sy klaar is, laat sy my hare los en ek het toegelaat dat die laaste van haar pis uit my mond loop.

"Sien, dis nou wat 'n goeie speelding doen." Sy leun af en soen my, druk haar tong in my deurdrenkte mond en lek dan my gesig. Sy het die toue wat my gebind het losgemaak en uiteindelik is die massiewe speelding uit my anus verwyder.

"Klim op die bed Erika." Ek het op die bed geklim en op my rug gaan lê. Sandra het bo-oor my opbeweeg, haar borste hang onder haar en sleep oor my vlees. Ek het gebewe toe 'n tepel oor my gladde heuwel wei en dan op oor my maag. Sy het hulle teen my eie klein borste vergruis en my toe gesoen, haarself teen my bobeen gemaal.

Ek het die soen passievol teruggegee en my hande na haar sye laat waag en dan na haar gatwange , en gewonder of daar 'n lyn is wat ek nie moet oorsteek nie en wat dit waarskynlik sal wees. Maar dit lyk asof Sandra nie nou omgee nie. Sy het regop oor my gesit en dan vorentoe geskud totdat sy haar poes teen my gesig druk. Ek het haar geëet, my tong gebruik om haar klit te lek en te streel, my hele mond teen haar vasgeklem en met my tong na binne gepeil. Sandra het teen my gemaal en dit was nie lank voor sy kom nie.

Toe begin Sandra weer terug in my lyf afloop, hierdie keer soen en suig en byt met haar lippe, tong en tande terwyl sy deur my vlees gereis het. Toe sy by my poes kom , het ek gedink ek sou dadelik ontplof. Die streling van haar tong op my klit het my in reaksie laat val.

Ek was so geil van die week van ontbering en willekeurigheid dat ek gedink het ek sou dadelik weggaan. Maar Sandra was natuurlik goed geoefen en het geweet wat sy doen. Sy het my byna tot die punt van orgasme geterg en toe teruggedeins, my binne-dye geknibbel en gesoen, of haar vingers gebruik om aan my tepels te trek. Dan sou sy weer my poes aanrand tot ek amper daar was. Sy het my knieë opgedruk na my bors toe en haar tong diep binne-in my gedryf, dan afgelek na my anus en haar aksie daar herhaal.

Uiteindelik gee sy my vry, neem my klit tussen haar lippe sy trek en suig daaraan. Ek het geskree toe my orgasme deur my skeur, my bene bewe en stuiptrekkings van die krag daarvan. Ek het gevoel hoe ek vloeistof spuit toe ek kom, die eerste keer ooit. Sandra het vir my poes gelek, skoongemaak en mal daaroor.

Nadat ek herstel het, het sy my na die stort gesleep waar ons skoongemaak het, aangeraak en gestreel. Dit was vreemd dat hierdie vrou wat my minnares was skielik so sensitief was met haar aanraking. Dit was asof ek my gebreek het, die wedstryd was verby.

Later die dag het ek vir Sandra gegroet en vertrek. Ek wonder dikwels of ek haar moet gaan besoek en wie ek dalk

vasgebind op die vloer kan kry as ek dit
sou doen.

Eendag sal ek.

EINDE